句集

堤外日記

冨永滋

罰ゲームかと聞かれし我が堤外行脚

八月

未《ひつじ》の部

風詠社

TAZ

序に替えて

〜カルガモは雨のふくらまんじゅうのココロだ〜

カルガモが眠っている。カルガモも夢を見るだろうか。

小雨の中を押して出た。出て来たものの、このまま歩くかどうか迷っている。歩きはじめて一年、６０００キロは歩いただろう。しかし、強い気持ちはいつも弱い気持ちに支えられているようで、あのように、無心な一本足の上に自分の全重量を預けることなど、とうてい及ばない。羽毛のふくらまんじゅうが雨の水面にある。無心が並んで映っている。

ちょうど一年前、２００９年3月24日に堤外日記を書きはじめた。日記といっても、ポケットに収まるＢ７サイズのメモ帳に、何時何分に家を出て、何時何分にどこそこへ来て、何をした、何を見た、寒い、暑い、そんなことが書いてある。朝目が覚めて、起き上がった寝床で理由もなく身の置き所がなく悲しい、そうした誰にもある事情が自分にもあって、不登校の少年のように、家をのがれ、毎朝うつうつと裏の土手へ上がった。堤外とは桂川の堤外である。その桂川へ合流する天神川に堤外人道橋という小さな橋があって、堤外日記と名付けた経緯を、欄干に挟まれた、と書いている。

実際、家をのがれ、毎朝うつうつと久世橋の土手へ上がり、堤外人道橋を渡り、桂川の左岸右岸を嵐山まで歩くことになった。道があり、行って帰る、ただそれだけのひたすらごとがはじまった。往復約18キロ、黒飴二個とパン一個を持って出たので、飴食って血固まる、の駄洒落も見えるが、日記の冒頭には、侘びながら願いながら、とある。切実だった。

さて、一年たったのを機に、書き溜めたもの、写し溜めたもの、拾い溜めたもの、それらを整理し、分類し、注釈し、時空系列の刻印として、どこかに保管しておきたいと思うようになった。欲だろうか。欲だろう。欲だろうね。依然、気持ちは散らかったままなのに。

歩行は現在も続いている。つまり、過去形と進行形が、たとえば水底と水底から舞い上がる泥のような関係を得て、まだ誰も来ない春先のプールの中にある。かくして、枯葉の浮いたイメージの水面を覗いたり触ったりしながら、裸になる前に裸の言葉が陳列されるほど恥ずかしいデビューはない、と悟った今、キーボードから手を放し、遠い本当の水面の静かなカルガモの一本足に、ここは、ひとまず、頼ることにした。

２０１０年3月24日

目次

堤外日記

八月

堤外日記

2006-2009

あらゆるものを見、あらゆるものを見過ごす
私が見過ごしたものばかり、並んで、私を見ている

ああわたくしも出稼ぎだった西鶴の空を北へ北へ

寒明の手底から手相現れる

蒲公英の和魂の萼を返し見る

白線に何ゆえ蚯蚓干上がって

花色のクレーン車が吊る四角壁

野ばらの花つかのま藪の浮き上がる

貝殻すりあわす山雀曇天に鳴く

水無月の瘤関節より出て動く

芙蓉一輪立ち上がるときばさと落つ

鬼に歯向かう鬼の子ひまわり緑の歯

六月の山の光背野のカンヌキ

少女かっぽれかっぽれと走る凪の土手

にいちゃんがいもうとにすいとうかたむけるなつ

風があれば何とかなるよ夏の道

逃げる途の蜥蜴ふと瑠璃色に止まる

蜥蜴見得切って千切れている

蛇動かず日光時間も動かない

向日葵出来上がって地に嘔吐す

青萱の薙ぎ倒されし微熱ある

水平に電動工具は蝉を挽く

暗黒のごまだら天牛口の鉤

夏襟に昆虫の脚その言語

出来事の端に虫立つ二本脚

あれは鵙日を感ずれば雨だろうと

身のきしみ貫く鵙に往く睡魔

赤トンボ何の原理で浮かんでいる

八月の石段鳩ぽつねんと待っている

仰向けになればズボンの裾から風

茅草の丈のすきまに雲と空

脳みそが歩くと思えば気楽な十月

きのう口ずさんだ歌をきょう妻が口ずさむ今はもう秋

竹林のしかしなんという廃屋

廃屋の廃材踏めば骨の音

茄子葉も花も永劫の茄子色

除草作業枯野一帯修羅走る

除草あと更新されてにこ草に

荻写す枯れ蓼写す風の岸

曇天に山の竜骨現れる

夏木立ざっと靡いて押し黙る

群鳩向き変えるとき冬光る

黒き路上に凍てて寂しさ透き間なし

鼻水たらせばヒトラーの髭になる

鼻水ぬぐえば毛沢東の顔になる

パン噛めば耳しんしんとユリカモメ

寒雨二日飢えた鳩と目を合わす

円筒分水盛り上がる水鋼滾々と

カブがぶっきらぼうに割られている野辺

鉄橋尽電車時空に雪崩れ込む

堤外日記

2010

鶺鴒がこちらを見ている。鳴かれる、泣かれる
鶺鴒には、リュックの中が、外から通して見えるのか

大文字ぬっと傾く初詣

マスクとって寒気霊気となす三日

休耕田足跡消えず去年今年

よく見れば墓所なり河川敷の霜の屋根

透き通る現在その猫ゾルバ

柳芽吹き葦の枯野はまだ枯野

冬鶫飛び立つとき全身開く

人ひとり来て引鴨の列ひらく

日の脚を横切る寸時引鴨消え

春の鵙大きな頭で何を見る

大寿林葦につかまり春揺れる

貌鳥の空中にいて夢瞬時

春の霰上空を飛ぶ大袋

犬ふぐり空腹なれば青みたり

傍らに頬白一心無関心

お遍路のきみ頬白ぼく平四郎

※平四郎は本人の通称。親しい者の間でそう呼ばれ、自身も私的なメール等の署名に用いていた。

四五六歩行っては止まる白鶺鴒

白鶺鴒ツンツン何でもおいしく頂きます

多羅の芽の発意の棘のある処

春まで居て無頼この鳥羽ぼろぼろ

天端にて桜俯瞰する車椅子

染井吉野という薄幸のひもすがら

三階草も小鬼田平子も仏の座

人になき雀も烏も春の草

花少なし人ゆるゆると橋を行く

用水路芥子菜抱いて男前

花冷えに留まる鳥の背の傾斜

燕巡る川面に軌跡を明るくし

弥生野の色異なれば呼吸の楽

修羅も滑る桜蘂降る泥の道

穀雨この虚空犬にも遇わぬ道

穀雨の傘誰にも見えぬ傘の中

薄闇のさくら微動だにしない

春の夕板金工は手を洗う

霾る は客車のにおい手のにおい

春薄暮ミレーのごとき画家のいて

草霞む鴨まっしぐら飛んで来る

同窓の片目の窪み捩菖蒲

夭折の詩人の鼻髭夏隣

虚弱なる友隆として夏の夢

行く道の斜めの光烏麦

あれは花桐空にも架空あるらしく

阪急茨木市駅から万博公園、勝尾寺、箕面大滝を経て箕面駅まで歩く

とぼとぼと万博で見た華鬘草

小判草北摂十里歩き見ぬ

球あるとすれば蒲公英の綿帽子

用水路立酢漿草の水となる

水に塞がれて悪い気がしない帰り道

川中島とんびも梟も子ある身分

全身に雨水漲る夏蓬

五月闇まっすぐ風の通る穴

子鴉が突くずうっと下の紙パック

五月闇毒もて猫を殺す会

地下道へ常盤露草咲く水路

青蘆原芥の岸を鎮魂す

あり余るほどでも足りぬ愛六月

夏至の夕懐かしそうにみな帰る

葦のびて遠景のほか何もなし

合鴨を小脇に抱え植田まで

田にふたりひとりは小さき田植機に

沿線の田植機少年の縞模様

田の土をくわえ燕の梅雨仕事

田に上がるジュラルミンの蛇に遇う

水一口飲んで藤棚の下を出る

なんぴとの憂いか縞蛇来て見つむ

草蜉蝣翅と命の半透明

海猫の居すわる川の安堵感

夏行脚垣根の影に手を入れる

あれもこれも朱肉の汚れ夏は憂し

軽鴨は出水の縁に羽繕う

鵯と来てこの並木道涼し

田水沸く短き坂のどの空も

風嬉し青萱の蒸す墓の上

蜻蛉浮く何億トンの雲も浮く

雲塊にダリの穴あき夏絵具

ダリの空予兆の空わが休暇明

悪茄子この世の脇に繁盛す

今ここより広き空なし錫の鉢

斑猫の振り向く雙ヶ岡の道

軽き永き感冒のごとく夏を生く

朝焼の小千鳥はまだ起きやらず

晩夏光大樹たわわに影を生む

サングラスきのう座りし場所にある

汗手貫われも着けたし大路の僧

地中より日の正面へ蟻の貎

わが口のいいしこと耳にある夜露

われとわが別れなるか常夏の死

八月の雲の造りし道を行く

八月の荒野となりて畑眠る

日が照って死も横切らぬカンナ道

八月の傘の中より家見ゆる

暑からむ鴉椋鳥舌出して

食べ残すきのうときょうの秋の糧

今日から秋と決めたように筒抜けの朝

巨大な秋の底辺で腹へって蟻になる

堤外日記
2011

頭の底にピースの空缶のような寂しさがある
ドラム缶の中寡黙な風うずまいている

冬川に群鴉を渡す送電線

短日の敷布堰まで来て皺む

生きものが生きもののまま出る藪柑子

灰猫の背がどこまでも雪の堤に

ドラム缶まだ身を焙るために焚く火

ははそはの母は小さし椿の蕊

道なりに緩く登れば椿の空

木漏れ日の料峭にいて素直なる

２０１１年３月11日

東北へ嫁菜疎らに生え染めて

北国の惨ホトケノザ摘む他はなし

汗をかく春の手首が伸びていて

暑き春こんもり暗く虚無僧花

真横から桜と菜花を洗う風

完璧な楽譜も、演奏することによって損なわれてしまう
誰か（勇気のある人が）出るのを待って、それから出なさい

さきがけに一糸遅れることも春

出現を両目で抑え春の指揮

先に出る音をじっと待つ春の意味

弦の出を待ってから出る春の笛

ラヴェルは明瞭に冬の会話のように弾け

サングラス外せば曲がる春の川

鯉遡上霞の底を行き尽くまで

目がくらむ痩せた連翹取りに来て

釣人の顔掻き消えて夕霞

糧を棄てず船を沈めず春怠惰

鶯があっけらかんと鳴く現場

松尾大社神幸祭

春神輿ほいとおほいとと尻跳ねる

燕ある空虚濃紺のピース缶

タラペッタンザットザット五月の靴

夏木立じじいじじいと鳴くあれは

雨の打つ黄砂の点字読めぬまま

夏の空一処洗者の青ひらく

少年の段ボールに持つ春の産

草少し仔猫を守る箱の底

蝉鳴いて境界生ず地の左右

脳天の蝉その脳天を遠ざかる

夏草に伏目がちなる試走前

練雲雀駅伝女子はただ黒し

遊具にも卯の花腐しの干潟臭

花梔子わが身の酒に少し酔う

花梔子純潔だろうとなかろうと

花梔子寝乱れて咲く白日夢

夏雲よ吐く息吸う息聞こえるか

何ごとか固い決意の蝉の殻

前を行く黄色い合羽白雨の児

水無月の雲のトラック遠き四方

熊蝉の直下は無人耳二つ

思案ごとまっすぐ蝉の喧騒に

夏帽子網目の穴を地に落とす

サイダーにありつく快楽胃へ墜落

日向地蔵背に血まなこのラムネ飲む

和漢洋おんなは豊かかき氷

立秋の舌先三寸屋根光る

へたりこむつくつく法師のなく窓に

古は筑紫恋しと泣いたセミ

葛の葉の奥に花棲む墓の道

押し出されふと炎天の墓に立つ

廃墟にも葛あらむ雨月物語

次の日は次のあきらめ盆の月

扇置く病みて愛欲に囚われる

草一本撓む は蜻蛉の寝る重さ

処暑の無人除草作業の昼休み

処暑の無人猫には猫の楽しみが

蝉むくろ充分鳴きぬ仰向ける

蝉むくろ軟着陸して夏終わる

八月の詩の不燃物が燃えている

愛宕から青空切れ切れ追うて来る

松ありぬ火事に遇うたごとく枯れぬ

地に病めば鯖雲塩酸を浴びしごと

白萩のある日ある朝咲きにけり

コスモスを宙に浮かべて秋彼岸

曼珠沙華羽化するものの如く生ゆ

コスモスを手に束ね持つ数グラム

柵に沿うコスモス大いにはみ出して

保育園児クレパス箱から秋隣り

鰯雲踏切開いて無人なり

鉦叩拝めば骨の芯で鳴く

鉦叩探せば闇に火の動く

鉦叩闇の内外わが前後

たった今紅葉したとばかりに寒さ来る

秋の土手あばら模様の影落ちて

柿の木はひとりで秋の色となる

野ギツネの顎美しく死ににけり

雪踏んで砂の音する離宮前

枯れてなお狗尾草の立ち姿

廃品の頂点秋陽猫安住

新聞紙サヨナラというふうに枯野飛ぶ

血の色は瞼を閉じて見る夕日

冬菜青く人の世に出て風を受く

鳰ぽつんと消えぬ橋の下

家路来てトンビ嘶く塔の風

雪晴れて越年に行く黒き道

堤外日記
2012

みしらぬときのはりつめた垣根に沿って歩いていく
始まりも終わりも無い影歩ませる

寒茜行き処なく川に落つ

鶫に迎え撃たれる森への道

鴨は眠る表面張力の水の上

冬景色全部一部が堰に乗る

冴返るドップラー効果の色偏移

余寒なお疾駆する赤追尾の青

河川管理者ほか吹雪かれて幟立つ

鍵を持つ男が雪に来てゲート開く

この冷たさ染みる青さは春の足

いい人になれないい常の春ぐらし

春雨傘軽くあしらう日の平和

水瓶より畦青ませる水すべて

肉体は芯から疼く仏生会

武骨さを塔に差し出す灌仏会

花筏の行き着く果てにしゃがみ込む

川ここまで運び来て花屑となす

風と水流れ着く地の花筏

花屑に巻かれ思考が低迷して

滑り台乱反射して暑き春

幾人か顔見知りいる春の闇

高瀬川春灯の金貨舞い沈む

朧夜の情感ものに依りかかる

弥生尽山門押せば動いたか

徒歩の背をきしきし噛え行々子

黄菖蒲はわずかに手の届かぬ処

地の草に折紙飾る五月の子

風追うか和清の天の鉄橋下

カステラの焼ける匂いの死の五月

夏草を茶缶の水に挿してみる

地下道の出水ざぶざぶ踏む愉快

入梅の円筒分水飽かず見る

櫛の匂いすれちがう時す桜桃忌

草でない女の匂い夏草から

歌いつつ日傘が降りる土手の草

空腹の安居の東寺五重塔

梅雨晴間黄蝶白蝶上昇中

雲雀嬉し声洗われて上空に

指させば黙示雲雀の急降下

出水速し濁流速し目の幅に

松尾山しいいちゅういいい蝉動かず

不幸ならん体液自身の汗吹き出す

生きてるか死につつあるか生汗拭く

泥と草べったら漬かる出水あと

中門に金堂を据え梅雨明けぬ

仰向けの寝顔涼しげ雀の死

影を踏みふと頭頂の百日紅

百日紅炎を折れば実などある

水彩の青の過不足濃き七月

大師堂いずこも涼しまた暑し

雑草の貨車構内に錆びて待つ

夏空を巨大な刷毛が掻き上げる

火水母のいる息詰まるほど青き空

盛夏なる空ただ救わんとして青し

背後より青水無月の依りかかる

山上の真綿の解れ秋近し

晩夏光そこだけ底のあるごとく

欲に痩せ晩夏の耳の垂れている

人間の顔立ちをして蟷螂群

蓮の花垂直に咲く真昼の死

長き日のアイスキャンデー垂れて過ぐ

葛の花死者抱き起こすごと起こす

向日葵の瞑目空より項垂れて

向日葵の腐りし茎を洗うのみ

歩道橋ぐるりと月を浮浪の日

白帝の路上に水を鏤めて

水蜜桃むさぼる勇気あれば解夏

解夏の里押し戻さるる夜の波

稲の香の御料の山へ嵯峨平野

秋暑し誰を見守るために照る

稲妻に蹴り込まれたる九月朔

夕空から西蛮唐黍取って来る
秋の水不思議な空を覗かしむ
みずからを洗い清めぬ秋の雲

吃音が出て行く秋の憎しみぞ

部屋中に細き影編む晩夏光

法輪寺この日ばかりの知恵貰い

死は地にもペガサスが置く鳴の羽根

一期一会の雪花を椀に高月に

黒き実は現世の音立てて寒に落つ

手が合わない彼岸を掬う手が合わさらない

手を引く時に落とし物の噛う冬

石蕗の花挿して石蕗の朝を知る

溜息の出て行く処コスモス咲く

菊炭の菊おごそかに燃えている

木も人も厳かに燃え炭の釜

目に寒の水当てて知る身の熱さ

魂の出て往き還る菊の傍

広沢の池　池を干す

寒鮒の網にその身の曲がるほど

雀みな腹へっている冬日中

コスモスに穴ほつほつと十二月

冬コスモス痩せて菩薩の眼の透けて

誰が墓の一子か真向かう凍てポンプ

老鳥になってディスプレイのクリスマス

堤外日記 2013

雨は時の余り。しかし時が満ちてどこかに雨が降る
気持ちが、断面のようになって、風に触れる

金属になみなみ泳ぐ寒の水

人にみな事情というものありて雪

竹を割る心の欲しさ寒波来る

冬覚めてまたハンカチの掻き消えて

老母笑む枯野に赤い日の差して

綿埃ゆっくり動く情事の冬

鴉舞い雪舞う人間の農耕地

寒鴉いる世の内外の境界に

寒夜遇う輪郭悉く生きている

春の鳥胴体だけになって飛ぶ

釘一本打ちし壁より春泥噴く

春風に殴り合う樹という言葉

訳語なきもう一語あり春の夢

長椅子に尻ひとつ空く春の利子

乾電池ポコンと交換木の芽窓

鉄道も川も冷たし春の地図

勃起するも陥没するも春の傷

音点々点々と雨春同時

日が雲を雲が日を圧し寒返る

氾濫の泥に萌えありブランコあり

菫咲く誰の土地やら惜しみなく

春狂言仕舞いの面も椅子も冷え

芥子菜にとうとう獣が泳ぎ着く

水落ちがまっすぐになる春の坂

弥生尽椋鳥じゃらんと鳴き捨てて

一介の雨戸の底の雨蛙

手が蜜になってしまうよ躑躅の夜

遥かなる妻ブーゲンビリアの影に入る

薊太し菓子工場の檻にいて

この七日さてどの七日夏薊

姫女苑ゴムの黒あり犬歯あり

黄菖蒲に消ゆる人あり先の川

図体が猫として跳ぶ夏の塀

鴉の子いぶかる穴のそこにある

どくだみ咲く暗渠へ曲がるゴムボート

短夜の夢よ後塵に立たされて

橋の下無言の垢の油照

組み合えば簾の影の尖り寄る

団扇で扇ぐ花も風を感じている

団扇あおぐ生死の周囲入り混じる

日除より出て折れ曲がる影ひとつ

細き目の青空が挽くかんな屑

夏の果て雲夥しと記すのみ

人の声も虫の声になって成就山

月の下煮えたるものと冷めしもの

自転車に花の鶏冠とえのころ草

秋の日の緩んだ紐の影揺れる

古毛布地に打ち付ける秋暑し

冬ゆまり曲がって濡らす作務衣の貧

虹にあらず歳暮に阿弥陀の指ひらく

堤外日記 2014

少年野球場の上空に薄くプリズムされた色の帯
手首から手首までの大きな手錠　一抱えの虹

死んでから抱いてやっても罪の春

寒灯にバスが来て無人のドアが開く

寒灯に血を吐き大原麗子死す

三日目の陽が美しい現世かな

朝月に遇うふと未明に遇う一月

蜂の骸しばらく真上より見つむ

山焼きの灰か雪か死の細密画

帰る鴨北へ妻は南へ母を看に

掻き毟る老母にも自傷という一途

踏切の果てに下萌えまた鶏舎

夕星にウィンクするか春三日月

模糊として涅槃絵の虹見えむとす

春の廊下バタンバタンと戸の閉まる

鳥にルーズに鳥もルーズになって春

遇うまいと思えば春の久しぶり

遠き修二会出来事ひとつ片付いて

手の嫌悪ものみな滑る違和の春

十代の卒業母上へと書きし紙

継ぎ注ぐ器へ器へ春の鬱

春愁の白湯下る喉仏

毒の実か知らず春陰の地に放つ

春に病んで声帯絞ることのある

チューリップ顎外れるまで口の開く

春の本それはありそうなことですか

春の本それはなさそうなことですか

蒲公英の生きものの夢その睫毛

観音の春の閾に立つ姿

妻と来てその場その場の菫見る

庭のもの尽くして春を追善す

黄なずなのうすかる葵型茶碗

顧みず省みぬ身の春の錆

蝋燭の火の伸ぶ位置に立つ四月

青イチョウ影に色なしという真理

弥生尽また口業やったかも知れぬ

箸の先くわえて見ゆる藤の空

吉野山に上る

すでに線となりし吉野の山笑う

山笑う思いつかない形のまま

日が照って日が照って帰る山笑う

夏燕吐血するほど地に近く

笑いもせず血の気の引くまで夏の坂

薔薇の芽を指して卒塔婆の道を行く

非享楽すら余分の思い飯の汗

片蔭を走る痩身の自転車で

青蜜柑搾れば西山恭し

八月　2009-2015

八月は、蝉時雨の中で、みんな泣け　突然あふれ出す涙を拭うな
日傘を差して、突き動かされたその場所を、動くな
空を仰ぎ、地を俯き、声を上げて、みんな泣け

八月の遠景近景せきあぐる

姫百合の渇いた嗚咽慰霊の日

苦しいとだけいえる昭和八月

雑然と記憶の死ぬる八月朔

雲よ雲よ八月六日の灼くる雲よ

何を見ている広島の日の両目

原爆忌誰もいぬ地に電車来る

広島まで虚空の蝉の幾千万

十三仏居並び炎ゆる川一円

水は散るより術なきや原爆忌

川に浮く晩夏死力の無尽蔵

無実とや不動明王炎ゆる日の

身に余る原爆の日の茹で卵

金縛りに遭う一瞬の熱風に

雨乞の喉の渇きぞ譬うれば

原爆の日の写真少しづつ動く

風にあり光にもあり原爆忌

別の場所で笑う人間原爆忌

湧き上がる雲の組成平和祭

原爆忌過ぎているのだと声がいう

八月の傘を担えば歩兵の足

兵士いずこ人にはいえぬこと八月

八月の仲代達矢の顔となる

八月を行く両親に追いつかず

八月のわが前を行く死者生者

八月の嗚咽必ず突然に

八月の世代行方なき戦後

八月の影にこめかみを切られる

みまかりし父も母もみな八月の子

けさよりは鴉も人語で語るらむ

どくどくと鼓動の続く原爆忌

妻の顔わが顔照り腫れ原爆忌

草茫々はるか原爆忌の鉄路

長崎忌あの道のまま少女のまま

長崎忌老いてし語る人美し

長崎忌七十年の蝉の殼

小学のアルバム平和祈念像

稲に風渡る長崎の日の朝も

喉の渇きを死者の潤いとなす終戦の日

夏の果て起ち上がる死者這う生者

終戦の日父の善悪信ずべき

終戦の日母の善悪信ずべき

瓶底の指に箸刺す敗戦忌

色々なもの現われる盆用意

盆近し洩れ日の溜まりやや奥へ

盂蘭盆会まだ燦々と西日中

バス停の顔美しき盆の雨

塔頭の白壁を出て盆の雨

踏切を行きも帰りも魂迎え

生き延びむ盆綱延びむゑんま堂

灯籠に父母の体温明らむ日

拭っても拭ってもある盆の水

盆路の草ほの暗き有栖川

盆道に低き唸りの満ちて凪ぐ

盆道に貼り合わさってる表裏

盆道の畑に続くゴムホース

盆道の鴉漆黒の俯瞰持つ

雑草の生え具合いよし精霊道

京にいて異郷初盆の母を待つ

禅寺の墨くろぐろと水塔婆

万灯会また戻り来て氷買う

万灯会寂しさ吸わん石の上

万灯会夕べ夕闇を座して待つ

万灯に隔たりおわす釈迦如来

万灯会総門を背に去りがたし

妙心寺そこから五里の法師蝉

雲は水に水は雲に暮れなずむ盆

雲を割る雲法堂の盂蘭盆会

盂蘭盆の故国山河へ還る人

盆の送りは東寺ブラスバンドで歌う

盆のわが涙は君といつまでも

盆踊老いたるわれらの志

広沢池精霊流しの闇に座す

山水の境を幾百流燈会

精霊が灯の芯となり言葉となり
服が重くなる精霊の人恋う汗
美しき無実の闇の黄灯籠

交通の喧噪を背に施火を置く

バス継いで暗き一条の魂送

送り火の巻き寿司口へ箸二本

点火まで終始ささやく大文字

流し灯の刻こらえがたく雨となる

帰路のバス車窓に細き鳥居形

盆明けて音立てて降る午前四時

八月をみんみんみいんと鳴き絞る

蝉の念やや衰弱す秋曇

未《ひつじ》の部

2015

口から出て来ない　そのとき頭から消えている
大事なこと　大事な言葉

くちびるに舐める血があり雑煮食う

一月の背中に鉦の鳴り刻む

誰か呼ぶ誰か抗う雪の声

蚤虱小さき初夢の箱の中

おしなべて備長炭となる京の山

冬の点突き合う指の骨と骨

対人なき四日暮れかけ火の居場所

左右から掬い上げれば雪空色
背割堤は肋骨並ぶ雪ならむ
霜の地平すでに引かれし線一本

ごく稀に耳に破魔矢の鈴通る

刺激的な臭いの熨斗鮑であるわれら

肩疼く字面に冬の病垂れ

中今は不承不承の初仕事

睡眠のせんべい骨格じっと冬

灯を消して蒲団の傍のみしという

炬燵無人深夜鏡に映るもの

どぶ川に白き冬日の脚休む

冬の闇釘抜ありて釘抜かる

無香料の瓶に華やぐ冬芽色

冬日落つ鏡なみなみと対岸より

寒鴉背のしっかりと川渡る

冬庭の細部わずかに動いている
冬に生きて蜘蛛の糸なるわが視線
ステンレスあれば冬日はそこにいて

敬いも敬われもせず寒施行

施行する　冬は彼等もつらいのだ

隣家より男女礼者の日本語去る

耳に足す不在の妻の足す冬を

神戸は西に凍ったままの二十年

水は畝に分かれて凍る西への道

ミルク性器もショート刑期も冬一語

姫飯を貪りようやく睦み月

柳谷観音楊谷寺

一枚の障子を引いて奥の院

さようならと凍る和尚の車掌鞄

落ちましたよと硬貨冷えつつ散らばりぬ

蕎麦すする温石というには勿体なや

山寺に山雀自分自身の冬

冬の坂野鳥は遠くを見るのが好き

帰路は私鉄しばし短日のドアの幅

あれはまがもあれはひどりがも雪晴れぬ

ありありとただあのときと雪のいう

山茶花の黄赤緑を灰に置く

冬晴の田に易々と水鏡

ふと雲に着火して暮れる冬の川

背で匂う水仙を背に隠し持つ

祭壇掃く光りつつある蜜柑を手に

灯の影の夜行して佇つ襖紙

夜の明けて冬座敷にある何事か

一間の内より外より冬の娑婆

襖なき敷居を理趣経の行き来する
してみれば氷雨がスイッチ花ちらほら
番いなれば眠る真鴨の胴柔らか

合掌の指幅に夕日寒くなる

大寒の筋肉質の地の茂り

日を掬う形に冬川暮れ残る

排気管みな口ひん曲がり湯気立てて

白い日の実に寒い日の橋渋滞

鴉は地に群れ遊び年始談合する

愛しけやし猫は人の代わりに冬に住む

枯野測る技師三人の雨合羽

冬猫の場ができ円陣ができ動く

空に月あり月に兎あり青し

東寺への寒の明りの母命日

聖観音冬青空にある円光背

涙目に雪のスライダーゆっくり来る

水景色その草も瀬も霜の皮膚

足跡に時雨が置いた点と線

ズームすれば五位鷺ひとり雪暗渠

寒釣の青鷺微動だにしない

綾取せむ事情なき人もある人も

葉は甘しというて未完の蕪食う

かつて見し石炭自営工場の父

火が着くまで石炭燃えずある孤独

思春期の石炭ごろんとラジオ歌謡

石炭の赤過去の鋳物の穴全部

大人怖し時に石炭の光りいて

十グラムの石炭燃やす詩人の手

水湊に鵜の頚伸びて低く飛ぶ

皮膚のどこか一点発汗して春に

空耳に呼ばれ九年母に応えたり

鶫来て四十五度斜め父ならむ

鶫じっと春シベリアの空を見る

節東風の飛行機雲は交差せず

雪なのか雪かと凝らし杉光る

春寒し起きて口語を生きむとす

春寒し結果論としてある昨夜

身を起こす五感に春の赦しなし

火事跡に家建つ端材散らかって

風花に屈伸たえず西を向く

咳すれば月脳天に動いて来る

春貧し両手いくらか皮膚余す

御室仁和寺

常楽会外陣のわれらを洗う風

ガラスボウル手に持ち春意立ち上がる

あそこほらきんくろはじろと妻のいう

踏切に春雨長き鉦を打つ

境内に土のさざなみ春の雨

盛り土に重機残して春寒し

春の刃にキャベツともあれ無抵抗

春遅し透けつつ光る霜覆い

わが庭も縄張となりぬ春の鳥

旧正月製紙原料積まれ満つ

陽炎の浮浪の人の所在なさ

浮浪の人来ても行っても鳥曇

仰向けに寝てやっと逢った春の月

夕霞橋から橋まで岸膨らむ

出替りの人待ち受ける橋の上

包まれてもの生き変わる夕霞

春の涎物干し竿にあれば拭く

鬱暖かプリンストンと翅落ちて

きみの歌に風船二つ乗せてみた

春が窪むバランスボールに尻つけば

春遅し人より先に猫の行く

水門に人工透析の春きらきら

高齢者演劇集団春曼荼羅

三月の雀となりて施行終ゆ

雛人形どんな過去より流れ寄る

猫の恋白昼遠くへ呼びに行く

木の芽雨その先橋へくぐる道

春荒の堰に泥水乗りかかる

法輪寺天上大風春の山

尉鶲フェンスの穴の春の籠

初空月遅れて来る人帰る人

地蔵尊真白き糞の春の笑み

エスカレーターつと春泥より昇り始む

春へ上がる最短距離をエレベータ

夕霞錯覚のままの塔一基

ただ霞む遠近法など詰まらぬもの

ひばりあれは虹の亡骸が歌う歌

嵯峨清凉寺

御松明火片炎上に出て速し

春かなし無意味に意味のことといえば

霞やがて人の平地を動かしむ

霞立ちものの細部を思い初む

春雨の苦言は途切れ途切れなる

卒業式夢を覗けば大勢いる

入社式暮れても暮れても辿り着かぬ

雨合羽人を包んで木の芽降る

春の雨和紙を濡らして山に貼る

春の野に雨量たっぷり蒸発す

春雨にばら撒かれてある水鏡

嘘をつく目に少年の木の芽張る

放課後の少年剪定されて笑う

背伸び背伸び自力で春の身長に

春の夜の少年親離れして帰る

草摘むは天端を跨ぐ急斜面

三階草花壇に生えて花の地位

中州芽吹く下流へ下流へ踏ん張って

青空は野蒜より天端より上に

春のポスト虚空に落とす返信文

春のポスト口ある無口という孤独

上弦を過ぎ朧夜の月の斧

信心の有無ないまぜて東寺の春

春の塔揺らいで水に納まりぬ

藍微塵見て食堂を折り返す

鉄橋の間だけ朧に列車の灯

朧夜は過ぎし昼間を過去となす

春雨の耳にふうんと余韻ある

胴着脱ぐどこか当たってかんという

睫毛うらら目にキスをする時触る

紋白蝶いそいそうきうき天端越え

モール街たらたらと四月号買いに

つかまって目眩のごとくブランコこぐ

ブランコを降りた手の色手の匂い

花小さし枝ほそほそと桜古木

藻草生う亀頭ゆゆしき排水路

指先でつまんで撚った躑躅つぼみ

春窮にこの身を捧ぐ吸って吐いて

春の文字懐中電灯差せば消える

戒光寺嬉し三宝の甘茶瓶

智積院直角の庭紅枝垂

六角堂ことさら小さき誕生仏

血の魚を隠す春陰の岸の袖

鳥羽美花制作　建仁寺襖絵

禅は櫂バンロン湖を漕ぐ春の朝

氾濫の残骸脇に肥やす春

荒畑に寒村ありや捨て花菜

眦に逡巡する雉いなくなる

妻の縫う春宵藍のくすみ色

雀の槍遅れた妻の声の方

いちょうの芽ぐうちょきぱあの緑の子

いちょうの芽樹齢おのずから解れ出る

いちょうの芽こまごま想う家のこと

八朔柑べっとり貪る留守の夜は

八朔の皮一掃する時楽し

暮れなずむ市場に目刺も目薬も

目薬を春の目尻の塵に点す

油まじ夫婦併走して暮れる

無音なる世の昼休みへ春降りる

既視感のぜんまい川底への梯子

右手にも左手にも持つ春の銭

いずこにも春の焚き口虚ろなる

有平糖南蛮渡来は春の色

馥郁と穀雨の二合炊き上がる

火球落つ夢中の空の焼野原

幻覚の裸木暗紫の芽を垂らす

春の泥おはぎの餡の輝きも

雪形に暮れる数分の形而上

海老根ある地味にぼんやり頼もしく

小松菜の本来花菜の茎高く

白蒲公英すぼめば暗き獣の毛

プラグ二本白びかりして春昼へ

飴一個くわえて春の低馬力

用水路朧に見ゆる黄泉の鍵

蠅もまた生まれて嬉し地に回る

妻を寝かせ川に歩めば朧月

休耕地ぺんぺん草も生き痩せて

ヘリコプター暮春一灯点けて飛ぶ

春日傘男に届く女の目

上弦の月暦千切るまで四月

朦朧と病に至る目借り時

荷風忌の仏器にへばる米の骨

草若葉ここいら羊蹄ばかりなり

日の逝きし窓辺の冷気五月来る

抱擁の皮膚も鎖骨も躑躅の夜

襖絵の日の溜まり場所夏近む

花水木七条までの空の傘

牡丹園世の引出物咲き染めて

カレンダー音立てて切る次の夏

紙に立つ二文字美しその立夏

浅き夏くすんとドアの閉まる音

高野山に上る

五輪塔死者には重き杉落葉

巡礼の五月そこだけ動いて行く

樟若葉過ぎつつ車中まで圧す

夏燕高野槇売る軒先に

山上に駅押し詰まる谷若葉

石楠の花ケーブルカーから指さしぬ

浅き夏夜明けに猫の鳴きに来る

四条まで片蔭伝いに行く小路

揺蚊を越えれば一体何がある

揺蚊を突貫して行くも現世

人事をじっと睨む趣味一青鷺

白靴の照るスタジアムを場外へ

夏帽子雑踏を出て妻に買う

葉柳のヘアトニックのそよそよと

栃の花どこからか蜜盗む風

木苺の実になる花の夢見がち

木嶋坐天照御魂神社

夏帽を脱ぎつつ無人木嶋社

山門を出て四十雀に追い抜かる

青歯朶の一途に捧げ末広がり

電柱の四音美し四十雀

風を漉く庭の網戸の洗い立て
アマリリスへこたれているのは自分
遠き母へ紀州梅漬買いに行く

薔薇姿ふんふんそやそや今いくよ逝く
走り梅雨からだがよじれてもどらない
透百合おんなの充足あればこそ

五月晴膝にも余る辞書を繰る

広辞苑風と繭の字の音がする

入梅の水滴たんとぶら下がる

梅雨冷の肘から先を手で擁く

先に出て寂し梔子の白一輪

手を落ちるさまざまのもの五月闇

鬱の舟五月雨の臓腑をくぐる

もらい枇杷十指まんべんなく濡らす

逃れ来しふたり五月雨の橋の下

驟雨突く人力無力ただ必死

六月の足にことりと寄りしもの

純白の花錆びやすく梅雨の蝶

夏至の基地キリスト教徒の星条旗

夏の猫草一本が引き留める

猫の骸うつむき進む夏の川

白夜なる営みもあり酒場もあり
五月晴できないことは無限にある
駅前の一角濡れて水機関

噴く水の予感遅れて児に届く

夏痩の尻に二対の弛み皺

雨に舞う枝葉を宿し墜栗花穴

白百合の雨の身重の行き倒れ

空耳に約束生きており半夏

貧窮の未完の小説かの半夏

初蝉の耳の閾の微弱音

大き風の行く音のして早桃食う

片部屋の細き風路に端居せむ

夏の屁のけたたましくも生きている

夜の蝉舌吸い上ぐるごとく鳴く

台風が金属叩きつつ通る

台風の一端廊下を南西へ

涎拭くタオルも常備竹婦人

玉葱をぐるっと剥いた太陽よ

サンダルを下ろし海の日のバスを待つ

海の日の砂塵いずこへ十五歳

青田より市営銭湯へ歩み出る

夏茜ふわふわ遊ぶきのうきょう

空蝉の自分を招き攀じ登る

不死男忌に句集文庫を検索す

離宮より西日さす芝美しく

広大な病舎敷地の補虫網

奈良　白鳳美術展に行く　東大寺、奈良公園を歩く

群衆とはいわず大仏への夏休み

時空より新都の涼風薬師寺仏

鹿の子斑行きつつ糞の転び落つ

小鹿の組座れる高さ沙羅双樹

奈良の夏おおらかな坂に包まれる

茫洋と瞳の艶の行く伽藍

水無月のわが耳にある拡声器

扇風機やめば独居は無音なり

葭簀広げ霧吹きせむと縞の顔

遠雷を連れ遠来のリュックサック

短夜はせめて植物的呼吸

片蔭の既視感透けるごと寂し

夏に病んで腐心の残暑ならんとす

瘦身の愚かな夏の終わりけり

水の実に少し気力を願う歳

感ずるは盆近き窓のやや赤く

水面の天体にいる赤蜻蛉

義母ひとり生きたまいけり蓮の飯

玉蜀黍一粒一粒もらいける

また来たねとばかり鼻先の葛かずら

リハビリの川秋天を抱え込む

恢復を覗けば川底の虫籠

昼顔のぽかりと宇宙の芯を持つ

露草の染花にある黄の主張

露草はいつも名なしの草の中

台風に吹かれてみたし身の重さ

台風圏この夜静かに灯を消しぬ

バスの斜面台風一過妻帰省

秋へ出てそろりと痩身の一歩

眦を過ぐ秋茜と同方向

剃刀の秋の一角剃らむとす

蝙蝠のこの世の棲みか赤き川

萩つかむごとふと意識失える

爪の色まだ初々しと病む秋に

大いなる稲妻聞くか湯の妻も

硝子片煉瓦に光る野分跡

家族みな秋日和へ呼び出されたる

絶筆

唐突に命損なう秋となる

編集後記

冨永滋句集『堤外日記』は作者没後の刊行である。

句集を編むことを意識しはじめたそもそもの経緯は序文（日記の中の初期の文章をそのまま序文とした）に詳細に書かれたとおりである。２００９年３月の「発心」以来特に２０１４年頃までは一日二万歩三万歩を文字通り連日歩いていた。道々メモに書き留められた言葉の断片が俳句という最短の詩形をとるようになったのは、この国の文芸風土の中に育った者にとっては自然な成り行きだった。句集の表題は生前本人が決めていた。十年間に書き溜めた句を切に惜しむ気持ちは入院中の病床で妻に伝えられた。

「堤外日記」の章は年代ごとに時系列に順ってまとめた。行脚の途上、蚯蚓もすずめも親しいものになった。野の草が花を付ければ摘み帰り供花とした。芥子菜の群落の中で芥子菜の見る夢に埋もれた。少年期に詩的な言葉として記憶したカタバミ、ミツバツツジ、ノカンゾウなどを実際の植物として再認識した。鬱々の気分と不意に発する瞋恚に苛まれながら仏への帰依は必死なものになっていった。寺社に関わる句が多数あるが、東寺、仁和寺、清凉寺、法輪寺、今熊野観音寺、智積院、戒光寺、柳谷観音など京都市中や近郊のよく知られた寺院のみならず、可愛らしいお堂や傾いた祠など拝み所は行路の角々にあり、その場所は彼に汗を拭い足をいたわる木陰を提供してくれた。左右のポケットには小銭と線香蝋燭が携帯されていた。最後の五年は肉・魚を口にしなかった。

２０１２年後半からほぼ三年間、妻が親の介護のため長期帰郷を繰り返し、月の半ばは家を空けるという変則な生活を経験した。半別居生活によってある種の改まった気持ちに居心地を得ると同時に焦燥や疑心暗鬼にも苦しんだ様子だった。その一方、初めて体験する家事作業のこまごまの中から日常茶飯に対する愛情深い視点を得た。

冨永滋は十代で詩作を始め、最後の詩集『マッチ箱の舟（風詠社）』まで断続的かつ寡作ではあったが半世紀近く書き続けた人であった。幾冊かの詩集の実績もある。所収句の中にもよく見ていくと詩作時代の記憶に懐かしく繋がる語と表現が見える。「茄子葉も花も永劫の茄子色」は明らかに憧憬を持って親しんだ西脇順三郎へのオマージュである。荒畑寒村の名も見える。「燕ある空虚濃紺のピース缶」は高校の同窓、故内田英夫氏若年の詩の一節「平和か／石鎚でシャンソン歌ったか」の平和、ピースの記憶に繋がる挽歌である。

「八月」の章は、全年代を通して八月を主題にした句を集め特に一章とした。

日本の八月は、項垂れて手を合わせないではいられない特別の月だ。一つには盂蘭盆という亡き人の魂迎えの慣わし、一つには昭和の災禍即ち大戦・原爆・終戦の記憶。何の計らいなのかふたつながら同時に押しよせる炎天下の慰霊の月だ。八月は歩き倒し拝み倒し泣き倒しと言っていた、その通りの八月を、体調を崩した最後の年まで続けた。

「未の部」は2015年（未年）の年初から亡くなるまでの十一ヶ月間の句である。原稿データを精査していくと、初出はずっと前の年度にありながら何度か推敲され最終形がこの年度に入れられていた例も多く、そのためこの章だけで全体の四割近くを占めることになった。その年の年頭に「これから毎日ともかく欠かさず句作する」と宣言して、以後順次干支をとって申の部、酉の部・・・と継続していく積りでいた。未年の最後まで一ヶ月余りを残して命は突然尽きた。存命していたら今年「亥の部」まで進んでいたはずだった。

堤外日記を書き始めたそもそもの動機（序文）からも所収の句からも、この作者はいかにも気難しい暗い精神世界の住人の姿に見えるのだが、その一方憂愁の中に妙に可笑し味を生むオノマトペ、比喩、駄洒落は実にユニークとしか言いようがない。泣くことと表裏をなして笑いが姿勢を支えていたとも言えよう。ふと顔を出すユーモアや稚気に接すると、そもそもこのような人が根っからの人間嫌いであったりする訳がないと思わずにはいられない。知性は硬質であり表現は潤んで温かく、把握・理解の手法は正格というよりは独特と言うべきだろう。手触りそのもののような表現が生けるものの生を肯定させじんわり涙ぐませたりもする。「肩疼く字面に冬の病垂れ」「少女かっぽれかっぽれと走る凪の土手」「弥生尽椋鳥じゃらんと鳴き捨てて」「図体が猫として跳ぶ夏の塀」「チューリップ顎外れるまで口の開く」「胴着脱ぐどこか当たってかんという」の如くにである。

最後に巻頭句「ああわたくしも出稼ぎだった西鶴の空を北へ北へ」に関連して、冨永の詩友であった故内田英夫氏について一言したい。

この巻頭句には元となる一句がある。

「出稼ぎや西鶴の空を北へ北へ」というのがそれである。

この句を冨永は高校生当時同級の内田氏から教わったという。教わってから四十年も経って堤外を歩き始めた最初の頃に、自己の心情の合せ鏡として切実な感慨をもってこの句が蘇ったものらしい。二人の若い詩人の交流は高校の一年にはじまり卒業で途絶した。卒業時、内田氏から同人結成を懇切に誘われ、冨永が断り、以来音信不通となった。三十歳代に入った冨永が詩集『空室あり（沖積社）』を刊行した際、まっさきに読んでもらいたい人として同窓会名簿で氏の所在を尋ねたとき、すでにその名は物故者の中にあった。十数年前には氏が冨永を失い、今度は冨永が決定的に氏を喪失した。句集中「夭折の詩人」の記憶に寄せた句が繰り返し登場する。償えぬ慚愧の念と旧友への愛惜が折に触れ脳裡をよぎったのだろう。

前掲の句は内田氏本人の作なのか誰か別人の秀句を紹介してくれたものなのか、二人とも鬼籍に入った今となっては確かめる術がなくなった。

句の選定は編集者、妻による。仮名遣いの不統一や無季句の混在があるが、原稿通りとした。パソコンとメモに書き溜められた句の数は、集めてみると実際膨大でおよそ九千近くあった。当初は五百句程度の句集を予定していたがとても収まらず、採否の選定にはいつ底に足が届くとも知れず海に溺れているような思いをした。専門家の助言を求めたくともそのような交際を持ったことはない。編集者が句作の素人であること以上に、行脚と生活を同伴した記憶が一句一句に付いて離れないことも、取捨を迷わせあるいは誤らせたかもしれない一因であろう。作品の山を整理していく最中に「あ、それは違う」「え、それを省くのか」と駄目を出す本人の声が聞こえるようで悔々だった。本人が健在ならぎりぎり精選して緩みのない句集に仕上げたに違いない。しかし編集者にしてみれば、次の機会があるとも思えない今となっては可能な限り多くを収めたいと思う欲は抑えられなかった。

序文も後書も著者経歴さえも載せたがらなかった人であった。この後記の一文が作者と作品を損なっていないことを願う。

２０１９年秋　編集者　冨永多津子

著者略歴

冨永　滋

TOMINAGA Shigeru

1949年2月27日熊本市に生れる
1971年結婚　妻多津子（1972年長女、1974年次女）
1974年大阪府高槻市に転入
1984年京都市に転入
1998年有限会社新星座設立（～2014年解散）
2015年11月24日死去

…………………………………………………

【詩歴】
中学1年生西脇順三郎の詩「秋」に触発され詩作開始
1966年　詩集『珈琲』（故内田英夫氏との共著）
1969年　詩集『幼い恋』 私家版
1981年　詩集『空室あり』 沖積社
1998年　詩集『サイドキック』 ウェブ版
2008年　詩集『蜘蛛の行い』 新星座
2017年　詩集『マッチ箱の舟』風詠社
2019年　句集『堤外日記』風詠社

【机上机辺】
西脇順三郎　金子光晴　会田綱雄　岩田宏　まど・みちお　吉行淳之介　秋元不死男　石田波郷　西東三鬼　斎藤茂吉　万葉集　理趣経　歳時記　ユリイカ　詩学　木村敏　西田幾多郎　ショパン　モーツァルト　バッハ　レイ・チャールズ　ボブ・ディラン　プラターズ　ビートルズ　美空ひばり　ちあきなおみ　パウル・クレー　ラウル・デュフィ　アンリ・マティス　ヒロ・ヤマガタ

…………………………………………………

PHONE：075-692-4717　MAIL：taz@ssjp.net

句集　堤外日記

2019年12月3日　第1刷発行

著　者　冨永　滋
発行人　大杉　剛
発行所　株式会社 風詠社
〒553-0001　大阪市福島区海老江5-2-2
大拓ビル5 - 7階
Tel 06（6136）8657　http://fueisha.com/
発売元　株式会社 星雲社
〒112-0005　東京都文京区水道1-3-30
Tel 03（3868）3275
挿絵・装幀　冨永多津子
印刷・製本　シナノ印刷株式会社

ISBN978-4-434-26814-4 C0092